Traduit de l'anglais par Christine Mayer
ISBN : 2-07-050663-0
Titre original : *The long blue blazer*
Publié par Andersen Press Ltd., Londres
© Jeanne Willis, 1987, pour le texte
© Susan Varley, 1987, pour les illustrations
© Éditions Gallimard Jeunesse, 1987, pour la traduction française,
1988, pour l'édition en Folio Benjamin
Numéro d'édition : 79180
Loi n° 49-956 du 16 juillet 1949
sur les publications destinées à la jeunesse
Dépôt légal: mars 1997
© Christiane Schneider und Tabu Verlag Gmbh, München
pour le design de la couverture
Imprimé en Italie par la Editoriale Libraria

Gallimard Jeunesse

Le long manteau bleu

Jeanne Willis
Illustré par Susan Varley

folio benjamin

Quand j'avais cinq ans,
j'ai eu dans ma classe un petit garçon
qui portait un long manteau bleu.
Il avait de petits bras,
de petites jambes et de grands pieds
qui dépassaient de son long
manteau bleu.

Il arriva un jour d'hiver.
Il apparut à la porte
de la classe, couvert
de neige, et s'approcha
de notre institutrice
pour lui serrer la main.
Elle lui dit :
« Tu dois être Thomas,
le nouveau. »

Elle lui dit aussi d'aller
accrocher ses affaires
au portemanteau.
Il enleva sa casquette,
son écharpe et ses gants.
Il garda son long manteau
bleu. L'institutrice
lui demanda de l'enlever,
mais il répondit
qu'il avait un peu froid,
et elle n'insista pas.

C'était l'heure de la peinture.
Nous devions tous mettre
un tablier en plastique
pour protéger nos habits,
Thomas mit un tablier
sur son long manteau bleu.
Je fis le portrait de
ma maman dans une jolie
robe rose, et Géraldine
dessina sa maman
en pantalon vert.
Thomas fit, lui aussi,
le portrait de sa maman,
vêtue d'un long manteau
bleu.

A la cantine, il garda
son long manteau bleu
pour déjeuner.
Il fit la sieste en manteau
bleu.
Et il l'avait toujours pendant
la leçon de gymnastique.
L'institutrice lui demanda
de l'enlever,
mais Thomas répondit
que sa maman le lui avait
interdit, alors l'institutrice
n'insista pas.

Lorsqu'il fut l'heure
de rentrer à la maison,
ma maman vint me chercher,
mais personne n'était là
pour Thomas.
Il était tout seul, dans son
manteau bleu trop long,
à regarder le ciel.
La maîtresse lui demanda
pourquoi sa maman
n'était pas venue.
Il répondit qu'elle habitait
trop loin.

Thomas franchit lentement
le seuil de l'école,
son long manteau bleu
traînant dans la neige.
L'institutrice dit quelques
mots à ma maman,
et elles me demandèrent
de courir rejoindre Thomas
pour l'inviter à prendre
un goûter à la maison.

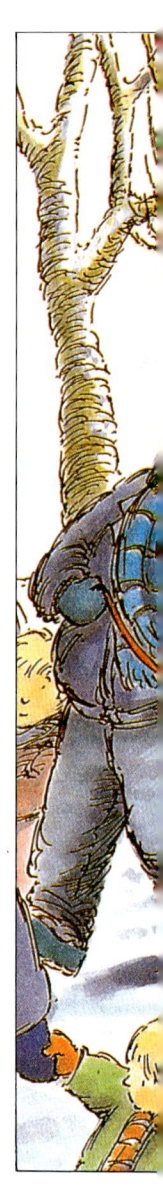

Cela eut l'air de lui faire
très plaisir.
Mais lorsque ma maman
lui demanda d'enlever
son long manteau bleu,
des larmes apparurent
dans les yeux de Thomas,
et ma maman n'insista pas.
Elle lui offrit des petits
gâteaux et le prit
sur ses genoux.
Thomas mit ses bras autour
du cou de ma maman
et se mit à pleurer.
Il dit qu'il était fatigué.

Après le dîner, Maman
l'emmena dans ma chambre
et l'installa sur une chaise
pendant qu'elle lui cherchait
un pyjama.
Quand elle revint,
il était monté dans mon lit
et s'était déjà mis
sous les couvertures
avec son long manteau bleu.
Je me couchai dans le lit
du bas.

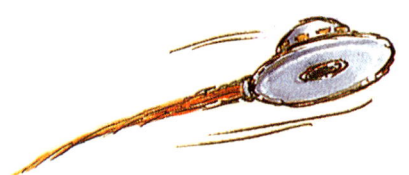

Plus tard dans la nuit,
un étrange bourdonnement
me réveilla.
Le vent faisait voler
les rideaux; je me levai
pour refermer la fenêtre.
Je vis une éblouissante
lumière vert et jaune
clignoter dans le ciel et,
debout sur le rebord
de la fenêtre... Thomas !
Tout à coup... il sauta.

C'est alors que j'aperçus
sa longue queue bleue !

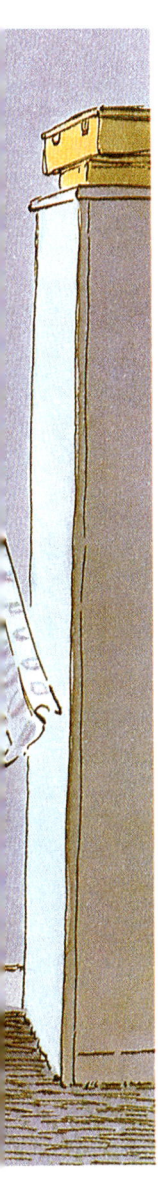

FIN

BIOGRAPHIES

Je suis née le 5 novembre 1959 à Saint Albans en Angleterre. Seconde fille d'une famille de professeurs, j'ai commencé à écrire dès que j'ai su me servir d'un crayon. Après des études de littérature, j'ai travaillé dans la publicité. J'inventais des slogans. Puis, j'ai eu envie d'écrire des livres pour les enfants. J'aime travailler avec Susan Varley, j'ai fait avec elle les albums *Bébé monstre* et *Le long manteau bleu*.

Jeanne Willis

Susan Varley est anglaise, rousse et très, très timide. Ce qui n'est pas facile pour faire une biographie!
Et pourtant…
Susan Varley est née en 1961, au bord de la mer, à Blackpool.
Très douée en dessin, elle s'inscrit au collège d'Arts graphiques de Manchester. Là, elle a la chance d'y rencontrer un professeur tout à fait génial : Tony Ross. Celui-ci est tout de suite séduit par son extrême sensibilité, la tendresse et le sens de l'humour qui transparaissent à travers ses dessins.
Il la pousse à montrer à un éditeur le travail qu'elle avait réalisé pour son diplôme de fin d'études. Susan glisse donc son dossier dans une enveloppe et l'adresse à son éditeur : il s'agit de l'album *Au revoir Blaireau*. Aussitôt primé en Angleterre, publié par Gallimard, il reçoit le Prix de la Fondation de France du meilleur album pour la jeunesse de l'année. Depuis, son éditeur anglais lui envoie ses meilleurs textes. Elle les lit attentivement; ceux qu'elle a vraiment

aimés : *Il fait nuit petite fille*, *Bébé monstre*, *Le long manteau bleu*. Son succès est international.

Depuis plus d'un an, elle illustre, en France, une bande dessinée qui paraît chaque mois dans le journal *Blaireau*.

Pour les benjamins qui aiment les histoires de copains, d'école et d'amitié

N°110 - Drôle de nuit pour les trois amis
   H. Heine
N°119 - L'invitée des trois amis
   H. Heine
N° 71 - Le mariage de Cochonnet
   H. Heine
N° 89 - La promenade des trois amis
   H. Heine
N° 73 - Les trois amis
   H. Heine
N°129 - La perle
   H. Heine
N°152 - L'anniversaire de Nicolas
   Shirley Hughes
N° 48 - Gros cochon
   C. McNaughton
N° 48 - Fou de Football
   C. McNaughton
N°163 - Chasse au trésor à Souriceau les Bois
   C. et B. Paterson
N°147 - Panique à Souriceau les Bois
   C. et B. Paterson
N°154 - Régate à Souriceau les Bois
   C. et B. Paterson
N°114 - En sortant de l'école
   J. Prévert / J. Duhême

N°145 - **Au revoir Blaireau**
   Susan Varley
N° 78 - **Timothée va à l'école**
   R. Wells
N°106 - **La poupée de Caroline**
   E. Winthrop / L. Hafner
N°159 - **Paul la terreur**
   E. Winthrop / L.Hoban
N° 117 - **Mon amie la vieille dame**
   C. Zolotov / J. Stevenson